I0551184

Y
24843

Yth
24843

FLORINE

ou

LA CLEF D'OR

PARIS. — IMPRIMERIE E. MARTINET, RUE MIGNON, 2.

THÉATRE DES ENFANTS

FLORINE

OU

LA CLEF D'OR

FÉERIE EN TROIS ACTES

TIRÉE DES CONTES MERVEILLEUX DE J. PORCHAT

PAR

GILLES et DE PHLANEL

BIBLIOTHÈQUE NATIONALE
R. F.
IMPRIMÉS

PARIS

WATILLIAUX, ÉDITEUR

PERSONNAGES

Le ROI.

SATANAS.

Le CUISINIER.

FLORINE.

FLORINE

ou

LA CLEF D'OR

ACTE PREMIER

Le théâtre représente une forêt; à gauche une maison de paysan, à droite des rochers formant l'entrée d'une caverne.

SCÈNE PREMIÈRE

FLORINE, *sortant de la maison*, puis SATANAS

FLORINE

Soyez tranquille, ma mère, je serai bientôt revenue.

SATANAS, *entrant*

Où allez-vous ainsi, la belle enfant ?

FLORINE, *à part*

Quel est ce seigneur ? (*Haut.*) Je vais au village.

SATANAS

Ah ! Et vous habitez cette maisonnette qui est juste en face de l'entrée de la Caverne maudite ?

FLORINE

Oui, seigneur ; mais pourquoi ces questions ?

SATANAS

N'êtes-vous jamais entrée dans cette caverne ?

FLORINE

Grands dieux !... jamais !... Du reste on prétend que ceux qui y ont pénétré ne sont jamais revenus.

SATANAS

C'est une erreur, car j'en arrive.

FLORINE

Est-ce possible !... Et qu'y avez-vous vu ?

SATANAS

Des choses extraordinaires ! mais particulièrement un trésor que je n'ai pu prendre, car une femme seule a le droit de l'emporter.

FLORINE

Ah !

SATANAS

Oui... Voulez-vous être cette femme? Comme c'est moi qui ai découvert ce trésor, nous le partagerons ensemble, et vos parents si malheureux seront riches à jamais.

FLORINE

Hélas! je n'oserai pas.

SATANAS

Vous préférez laisser vos parents mourir de misère... car, remarquez-le bien, ce que vous refusez de faire, c'est le bonheur de votre père et de votre mère... Je vous donne une heure de réflexion... Si vous n'êtes pas dans la caverne au bout de ce temps, je trouverai facilement une autre jeune fille qui n'hésitera pas à assurer le bien-être de sa famille. (*Il sort.*)

FLORINE

Si c'était vrai pourtant!... **En** somme, de quoi s'agit-il?... d'entrer dans cette caverne pour assurer à tout jamais le bonheur de mes parents!... Je n'ai pas le droit d'hésiter!... Allons!

(*Elle entre dans la caverne.*)

FIN DU PREMIER ACTE

ACTE DEUXIÈME

—————

Le théâtre représente une grotte sombre; au fond sont rangées des marmites sur des brasiers. — Au milieu et au fond, une marmite plus grande que les autres et sans couvercle.

—————

SCÈNE PREMIÈRE

SATANAS, LE CUISINIER

SATANAS

Attention! Cuisinier... Voici la jeune Florine qui s'est décidée à venir dans la caverne. Empare-toi d'elle et mets-la dans ta grande marmite pour le dîner du Roi.

LE CUISINIER

Mais, seigneur Satanas, ce que vous me faites faire depuis cinq siècles est infâme !... Et, n'étaient les tortures auxquelles vous me soumettez quand je refuse de vous obéir, il y a longtemps que je vous aurais envoyé au diable.

SATANAS

Mais puisque c'est moi le diable... D'ailleurs je suis un bon diable, et pour cette fois encore je te permets de soumettre cette jeune fille à l'épreuve habituelle avant de la faire cuire. (*Il sort.*)

SCÈNE II

LE CUISINIER, puis FLORINE

LE CUISINIER

Avec ça qu'elle réussit bien l'épreuve à laquelle il les soumet?... En voilà cinq ou six cents que je sauve ainsi sans qu'une seule ait pensé à sauver à son tour le roi mon maître, si malheureux de voir tous les jours servir de la chair humaine sur sa table... Il n'en mange pas, c'est vrai, mais ça n'en est pas moins terrible !

FLORINE, *entrant*

Dieu! que j'ai peur !... Où suis-je ? A peine avais-je mis le pied dans la caverne qu'elle s'est refermée sur moi... Impossible d'en sortir... Il m'a bien fallu avancer... j'ai terriblement peur !

LE CUISINIER

Que cherchez vous ici ?

FLORINE

Je cherche mon chemin, monsieur, et je vous prie de me dire par où je pourrai bien m'en retourner chez nous.

LE CUISINIER

Ah ! c'est vous, la belle, qui avez traversé la montagne ! Soyez la bien-venue, Florine, nous n'attendions que vous.

FLORINE

Mais, où suis-je ici ?

LE CUISINIER

Dans une grotte où se préparent les mets de mon maître.

FLORINE

Quoi! toutes ces marmites contiennent des mets pour votre maître ?

LE CUISINIER

Parfaitement.

FLORINE

Mais pourquoi cette énorme marmite n'est-elle pas remplie comme les autres?

LE CUISINIER

C'est qu'elle attendait son gibier, Florine, et son gibier arrive en ce moment. C'est vous-même que je vais mettre là-dedans, et quand vous serez cuite à point, le festin commencera.

FLORINE

Que me dites-vous !... O monsieur le cuisinier,

je vous en supplie... laissez-moi m'en aller, ne me tuez pas !

LE CUISINIER

Ah ! belle jeune fille ! Pourquoi êtes-vous entrée dans cette caverne ?... Il en est sans doute de vous comme de celles qui vous ont précédée ici !... C'est la curiosité qui vous a fait venir.

FLORINE

Mais non, je vous jure, c'est un seigneur qui m'a engagée à y descendre, m'assurant que je trouverais ici un trésor... Or, mes pauvres parents sont si malheureux que je n'ai pas hésité à venir pour les tirer de la misère.

LE CUISINIER

Est-ce bien vrai ce que vous dites là... Ça n'est pas par curiosité, mais pour venir en aide à vos parents que vous êtes descendue dans la Caverne maudite ?

FLORINE

Je prends le ciel à témoin que tout ce que je vous ai dit est vrai.

LE CUISINIER

Alors il n'y a pour vous qu'un moyen de salut.
Il existe près de cette grotte un magnifique palais...
entrez-y... vous trouverez en franchissant le seuil
une clef d'or. Prenez-la. Cherchez dans tout le
palais la porte qu'elle peut ouvrir. Si vous la trouvez, je ne vous mettrai pas là-dedans et nous ferons
choix d'une autre personne pour le repas de Sa
Majesté.

FLORINE

Au nom du ciel, monsieur le cuisinier, ne mettez
personne à ma place dans cette marmite !... N'y
a-t-il pas ici des viandes en suffisance pour le repas
de Sa Majesté ?

LE CUISINIER

Florine, songez à vous-même, vous ne pouvez
rien changer aux coutumes établies ici. Je n'ai
qu'une chose à vous dire : trouvez la serrure qui
convient à la clef et vous serez sauvée. Vous pourrez
même ensuite demander une grâce, mais une seule,
à Sa Majesté le Roi.

FLORINE

Je vais tâcher d'exécuter ce que vous me dites,

car je dois faire tout ce que je pourrai pour retourner chez mes bons parents, qui ont tant besoin de moi.

LE CUISINIER, *seul*

Allons, allons, maître Satanas, je crois que vous ne réussirez pas à faire mettre Florine en gibelotte, d'autant mieux que je vais faire mon possible pour faciliter ses recherches.

FIN DU DEUXIÈME ACTE

2

ACTE TROISIÈME

Le théâtre représente un salon richement décoré ; au fond,
au milieu, une immense glace.

SCÈNE PREMIÈRE

FLORINE seule, puis LE CUISINIER

FLORINE

Mon Dieu ! mon Dieu ! que devenir ! J'ai déjà
essayé la clef à plus de trois cents portes, elle n'en
ouvre aucune, et si je n'ai pas trouvé avant le cou-
cher du soleil, il me mettra dans son infernale
marmite.

BIBLIOTHÈQUE NATIONALE · R.F. · IMPRIMÉS

LE CUISINIER, *entrant*

Hâtez-vous, Florine, le soleil baisse, le soleil baisse, Florine, hâtez-vous!

FLORINE

J'ai beau chercher partout, je ne trouve rien... je n'ai pas encore vu de ce côté... Allons-y.

(*Elle sort.*)

SCÈNE II

LE CUISINIER seul, puis SATANAS

LE CUISINIER

Elle me fait vraiment pitié, cette chère petite! Mais comment lui faire savoir où est la porte?

SATANAS, *entrant*

Eh bien! je crois que je la tiens aussi celle-là! Entre nous, j'en suis d'autant plus ravi que si elle trouvait la porte, je perdrais tout mon pouvoir et qu'il me faudrait retourner auprès du Roi des démons pendant un siècle ; or, je m'amuse assez sur cette terre pour ne pas vouloir retourner aux enfers.

SCÈNE III

LES MÊMES, FLORINE *rentrant*

FLORINE

Rien ! toujours rien ! (*Voyant Satanas.*) Ah ! seigneur, vous qui m'avez engagée à descendre ici, aidez-moi à trouver cette porte que je cherche inutilement depuis si longtemps.

SATANAS

Ceci ne me regarde pas, c'est votre affaire, vous avez eu tort de me croire...

LE CUISINIER

Quoi, c'est vous qui l'avez fait descendre dans la caverne ?

SATANAS

Mais oui.

LE CUISINIER, *à part*

Ah ! gredin ! tu vas me payer ta fourberie.

SATANAS

Que dit-il ?

LE CUISINIER

Florine, regardez dans cette glace. (*Il indique la glace du fond.*)

SATANAS

Non, non, ce serait votre perte.

LE CUISINIER

Il vous a déjà trompée, écoutez-moi.

FLORINE

J'ai foi en vous, monsieur le Cuisinier. (*Elle va*

à la glace qui se lève et laisse apercevoir l'intérieur d'une misérable cabane dans laquelle un vieux paysan et sa femme pleurent à chaudes larmes.)... Ciel!... Mon père!... Ma mère!... Ils pleurent!... Ils me croient morte!...

(La glace se baisse.)

LE CUISINIER

Florine... voici le dernier moment, le soleil va toucher la montagne.

FLORINE

Mes pauvres parents... ils sont sans doute là, derrière cette glace... je veux les voir avant de mourir.

LE CUISINIER

Alors, brisez la glace.

FLORINE s'élance, mais au même instant la glace se change en porte

Une porte!... sans doute celle que je cherchais ! *(Elle va pour l'ouvrir, mais à ce moment le fond du décor s'enlève et le Roi apparaît entouré de toute sa cour.)*

SCÈNE IV

LES MÊMES, LE ROI, SES GARDES ET SES COURTISANS

LE ROI

Nous n'attendions plus que vous, aimable Florine.

FLORINE

O sire !... que signifie tout cela ?

LE ROI

Charmante Florine, j'ai une grâce à vous accorder... que me demandez-vous ?

FLORINE

Ah ! sire, les tourments que j'endure depuis mon entrée dans la caverne sont trop affreux ; ce que je vous demande, c'est la grâce de toute infortunée qui, comme moi, tomberait entre les mains de votre cuisinier.

LE ROI

Soyez bénie, Florine, pour la demande que vous m'adressez ; cette heureuse prière, je l'attends depuis cinq cents ans ; elle me délivre d'un affreux enchantement. — Vous êtes la première qui, ayant une seule faveur à me demander, vous soyez oubliée pour autrui. Désormais, ma table royale ne sera plus souillée par ces mets dont le seul aspect me faisait horreur. En reconnaissance d'un si grand bienfait, je veux faire pour vous quelque chose de plus.

FLORINE

Ah ! sire, je vous entends, vous me rendez à mon père et à ma mère !

LE ROI

C'est impossible !...

FLORINE

Alors vous les appellerez auprès de leur fille.

LE ROI

Je ne le puis pas davantage.

FLORINE

Hélas ! que pensez-vous donc faire pour moi ?

LE ROI

Envoyer dire à vos parents que vous êtes ma femme et qu'il n'y a pas sur terre une reine plus aimée et plus aimable que vous.

FLORINE

Mes pauvres parents !

LE ROI

Ne craignez rien, vos parents seront désormais heureux et pour toujours à l'abri de la misère... D'ailleurs, nous sommes si proches voisins, que vous pourrez les voir aussi souvent que bon vous semblera. Pas plus que vous, je ne rougirai de leur condition modeste, car j'estime qu'ils sont bien dignes d'avoir pour fille une reine, eux de qui vous tenez un si noble cœur... Quant à mon cuisinier, qui était aussi malheureux de préparer cette infâme cuisine que moi de la voir sur ma table, et qui a de plus contribué à vous sauver, j'en fais mon intendant.

LE CUISINIER

Ah ! Majesté, que votre Sire est bonne ! non, non...
Sire, que Votre Majesté est bonne !

LE ROI

Toi, Satanas, retourne aux enfers. Cette belle
enfant t'a vaincu ; tu n'as plus le droit de rester ici.

SATANAS

Si je n'ai plus le droit de rester sur terre, qu'a-
lors y faire ?... je la quitte.

LE CUISINIER

Bon voyage, Satanas, personne ne vous retient,
que je sache ; mais, dites-moi, demandez donc,
avant de partir, à nos aimables spectateurs s'ils
sont contents de la pièce. Ce sera pour vous, si la
réponse est bonne, une fiche de consolation ; pour
les auteurs et leurs interprètes, la seule récompense
qu'ils ambitionnent.

FIN

DU MÊME ÉDITEUR

COLLECTION D'AUTRES PETITES PIÈCES POUR THÉATRES D'ENFANTS

Pièces déjà parues :

Le Talisman de Rosette

Les Méfaits de l'ami Grognard

Les Malices de Polichinelle

Règles de tous les jeux.

Le Passe-Temps, Recueil de patiences.

Le Jeu du Solitaire, exemples entre mille par un Amateur.

Jeux de Salon.

Jeux Instructifs et amusants.

Jouets en cartonnage.

Théâtres pliants en boîtes.

L'Anagramme, ou le Jeu des lettres.

Questions et Récréations diverses, etc.

PARIS. — IMPRIMERIE E. MARTINET, RUE MIGNON. 2.

BIBLIOTHEQUE NATIONALE DE FRANCE

3 7531 03581197 6

www.ingramcontent.com/pod-product-compliance
Lightning Source LLC
Chambersburg PA
CBHW060905180626
46818CB00004B/1836